AF509561

Vente du 25 Janvier 1867.

LAQUES DU JAPON

ÉMAUX CLOISONNÉS

MATIÈRES PRÉCIEUSES

Exposition publique le Jeudi 24 Janvier.

Mᵉ CHARLES PILLET, COMMISSAIRE-PRISEUR	**M. CHARLES MANNHEIM,** EXPERT

1867

CATALOGUE

D'UNE JOLIE COLLECTION DE

LAQUES DU JAPON

ÉMAUX CLOISONNÉS

JADES & AUTRES MATIÈRES PRÉCIEUSES,
BRONZES, ETC.

DONT LA VENTE AUX ENCHÈRES PUBLIQUES AURA LIEU

HOTEL DES COMMISSAIRES - PRISEURS

Rue Drouot, Salle n° 2

Le Vendredi 25 Janvier 1867

A DEUX HEURES

ar le ministère de Me **Charles PILLET**, Commissaire-Priseur,
rue de Choiseul, 11,

Assisté de M. **Charles MANNHEIM**, Expert, rue de la Paix, 10.

Chez lesquels se distribue le Catalogue.

EXPOSITION PUBLIQUE

Le Jeudi 24 Janvier 1867, de une heure à cinq heures.

CONDITIONS DE LA VENTE

Elle sera faite au comptant.

Les adjudicataires payeront *cinq pour cent* en sus des enchères.

L'exposition mettant le public à même de se rendre compte de l'état des objets, il ne sera admis aucune réclamation une fois l'adjudication prononcée.

Paris. — Imprimerie de PILLET fils aîné, rue des Grands-Augustins, 5.

DÉSIGNATION DES OBJETS

Laques

1 — Laque du Japon.— Belle boîte de forme carrée à angles arrondis, en laque noir, décorée de paysages montagneux, d'animaux, de grues sacrées voltigeant et d'armoiries en or en relief. L'intérieur est aventuriné et garni d'un plateau.

2 — Laque du Japon. — Boîte de forme hexagone, dont le couvercle présente en relief un pin et des grues sacrées, décorés et enrichis de paillettes en or. Le pourtour est laqué or et l'intérieur est aventuriné.

3 — Laque d'or du Japon. — Petite boîte ronde et plate ; le couvercle est décoré d'un paysage traversé par un cours d'eau. L'intérieur est aventuriné.

4 — Laque d'or du Japon.— Belle boîte ronde ; le couvercle est décoré d'un dragon fantastique, exécuté en or en relief.

L'intérieur est aventuriné. Cette boîte porte sur le champ du couvercle une inscription indiquant le nom de l'artiste. Les caractères qui composent ladite inscription sont d'une finesse remarquable.

5 — **Laque du Japon sur ivoire.** — Beau cippe d'ivoire, dont le pourtour laqué en relief, en or et couleurs, représente six personnages dans diverses attitudes. Le pied, formé d'une double moulure, est en bois laqué et repose sur quatre pieds en ivoire découpé.

6 — **Laque d'or du Japon.** — Jolie boîte en forme de barque chargée de fruits et de fleurs; le pourtour de la boîte est décoré de vagues de la mer et l'intérieur est aventuriné.

7 — **Laque du Japon.** — Petite étagère à tiroirs en laque noir, décorée d'arbustes et d'insectes en or et en relief. La plaque du dessus présente un paysage avec fabrique et cours d'eau. Les boutons des tiroirs, formés de papillons, et les garnitures, sont en argent finement gravé.

8 — **Laque du Japon sur ivoire.** — Boîte ronde et plate en ivoire, décorée de branches de fleurs en or en relief, et enrichie d'un masque et d'une cloche en relief en argent finement ciselé.

9 — **Laque du Japon.** — Boîte de forme carré long, décorée de rochers, d'un pêcher en fleurs et de grues sacrées en relief. Le pourtour offre des groupes d'écharpes en or et

couleurs sur fond d'or, et un des petits côtés est garni d'un tiroir. L'intérieur est aventuriné.

10 — Laque du Japon. — Boîte ovale décorée d'ustensiles divers en or en relief sur fond pailleté d'or. Intérieur aventuriné.

11 — Laque du Japon. — Petite étagère à tiroirs et compartiment fermant à deux portes, en laque noir, décorée de paysages avec fabriques et cours d'eau, garnie en argent finement gravé. Ce petit meuble est de forme cintrée, et il est enrichi de galeries découpées à jour en laque d'or.

12 — Laque du Japon. — Charmante petite boîte de forme carré long à angles arrondis. Le couvercle est décoré d'un sujet d'intérieur avec vue d'un cours d'eau chargé de barques. Le pourtour offre des armoiries en or et couleurs sur fond d'or. L'intérieur est aventuriné et est garni d'un plateau.

13 — Laque du Japon. — Boîte de forme carrée et plate, dont le couvercle présente un médaillon de paysage avec rochers, cours d'eau et fabrique en or en relief sur fond noir pailleté d'or. Le pourtour, aventuriné, est décoré de branches de fleurs en or, et un plateau se trouve à l'intérieur.

14 — Laque du Japon. — Boîte de forme carré long à angles arrondis et couvercle légèrement bombé. Le couvercle est décoré de bambous et de volatiles en or et couleurs. Le

pourtour offre des feuilles d'éventails, et des cartouches
décorés de fleurs et d'oiseaux se détachant en or sur fond
noir et sur fond d'or. Les encadrements, aventurinés, sont
rehaussés de fleurs et d'oiseaux en or.

15 — **Laque du Japon.** — Petite étagère à tiroirs et compartiment fermant à deux portes, en laque aventuriné, décoré
de paysages, d'arbustes, de chariots, etc., en or et couleurs. Garniture en argent.

16 — **Laque du Japon.** — Deux vases de forme hexagone et
droite, décorés de paysages montagneux avec cours d'eau
et fabriques. Ils reposent sur des socles à trépieds en
laque aventuriné et décor d'or.

17 — **Laque du Japon.** — Boîte formée d'un éventail et d'un
miroir accolés, décorés d'une branche de pêcher et de
fleurs en or en relief sur fond noir pailleté d'or. Le pourtour est laqué or et l'intérieur est aventuriné.

18 — **Laque du Japon sur ivoire.** — Boîte ronde et plate en
ivoire, dont le couvercle est décoré d'une boîte et d'ins-
truments de musique laqués en or et couleurs, et enrichi
d'un masque en argent en relief appliqué.

19 — **Laque d'or du Japon.** — Jolie boîte de forme carré
long à angles arrondis et couvercle légèrement bombé. Ce
dernier est décoré d'un médaillon de paysage en or sur
fond noir. L'intérieur est aventuriné.

20 — Laque du Japon. — Très-beau plateau de forme carré long à angles arrondis et rentrants reposant sur quatre pieds cintrés. Le dessus est décoré de vagues de la mer, et le pourtour offre des rosaces en or et burgau sur fond noir.

21 — Laque du Japon. — Boîte de forme cintrée et plate, décorée de perdrix dans des paysages montagneux avec fleurs en or en relief sur fond aventuriné. Le plateau intérieur offre un éventail et des fleurs d'un décor analogue.

22 — Laque du Japon. — Petite boîte carrée à angles arrondis, dout le couvercle est décoré d'une branche de pêcher en or en relief sur fond noir pailleté d'or. L'encadrement et le pourtour sont laqués or, et l'intérieur est aventuriné.

23 — Laque du Japon. — Plateau rond reposant sur quatre pieds en laque noir, richement décoré à rosaces fleurs et chimères en or et burgau.

24 — Laque du Japon. — Petite boîte de forme carrée long, à angles arrondis, en laque aventuriné, décoré de branches de pin, de branches de pêchers et d'armoiries en or, avec encadrements en laque d'or. Intérieur aventuriné.

25 — Laque du Japon. — Charmant petit meuble étagère en forme de vérandah, à tiroirs et compartiments fermant à portes à coulisses. Il est décoré de paysages, avec cours d'eau en or sur fond aventuriné, et le fond du meuble

présente deux parties simulant des stores. Garniture en
argent gravé.

26 — **Laque du Japon sur ivoire.** — Porte-cartes en ivoire
décoré d'un vase de fleurs et d'ustensiles divers en or et
couleurs et enrichi d'une figurine d'enfant en argent
finement ciselé et rapportée en relief.

27 — **Laque du Japon.** — Pupitre à musique avec boîte à
tiroir lui servant de pied, en laque noir pailleté d'or et
décoré de paysages avec fabriques, et d'arbustes en or et
couleurs en relief.

28 — **Laque du Japon.** — Petite jonque formant boîte, finement décorée en or; le couvercle figure un toit de chaume
sur lequel repose l'ancre; le pourtour offre des vagues de
la mer.

29 — **Laque du Japon.** — Petit meuble étagère à tiroirs et
compartiment fermant à deux portes, en laque noir pailleté d'or décoré de paysages avec figures et de fleurs en
or en relief et couleurs. Garnitures en argent.

30 — **Laque d'or du Japon.** — Petite boîte de forme carrée à
angles arrondis, et plate, en laque d'or; le couvercle est
décoré d'une branche de pêcher.

31 — **Laque du Japon.** — Boîte ronde dont le couvercle plat
est décoré de rochers, d'arbustes et de grues sacrées en

relief en or ; le pourtour cintré est laqué en or. Intérieur
aventuriné.

32 — Laque d'or du Japon. — Boîte de forme carré long à
angles rentrants. Le couvercle offre un médaillon en
retraite décoré d'un paysage en or sur fond noir. Intérieur
aventuriné.

33 — Laque du Japon. — Boîte en forme de coquille décorée
de fleurs et d'ornements en or sur fond aventuriné. Belle
qualité.

34 — Laque d'or du Japon. — Trousse de médecin à cinq
compartiments, décorée sur chacune de ses faces de
personnages en pied réunis dans des bois de bambou. Décor
rare et très-soigné.

35 — Laque du Japon. — Jolie boîte en forme de double
carré accolés, décorée d'une figure dans un paysage et
d'un oiseau sur fond d'or. Le pourtour de l'une est laqué
or ; l'autre est décorée de fleurs sur fond noir pailleté
d'or.

36 — Laque du Japon. — Boîte de forme hexagone dont le
couvercle est décoré de deux coqs et d'arbustes en relief
en or et couleurs. Le pourtour est laqué or.

37 — Laque du Japon. — Boîte de forme carré long à angles
arrondis. Le couvercle est orné d'un animal fantastique

placé dans un médaillon rond, formé de branchages et
décoré en or et couleurs sur fonds aventuriné. Le pourtour
est laqué or et l'intérieur est aventuriné.

38 — Laque du Japon. — Boîte de forme hexagone décorée
d'un paysage montagneux avec cours d'eau et fabriques
en relief en or et couleurs. Le pourtour est laqué or et
l'intérieur est aventuriné.

39 — Laque du Japon. — Boîte de forme carré long à angles
arrondis et à couvercle à recouvrement en laque aventuriné
décorée d'arbustes, de fleurs et d'armoiries en or. Le
pourtour est enrichi d'encadrements laqués or.

40 — Laque du Japon. — Trousse de médecin décorée
d'oiseaux dans des paysages exécutés en relief en or et
couleurs. Attache formée d'un groupe de deux figures en
ivoire ; coulant de même matière présentant deux marques
en relief.

41 — Laque du Japon. — Boîte de forme hexagone décorée
de grues sacrées dans un paysage, exécutés en relief en
or et couleurs. Le pourtour est laqué or.

42 — Laque du Japon. — Boîte de forme carré long à angles
arrondis. Le couvercle offre, en retraite, un médaillon de
forme contournée, représentant un paysage très-finement
décoré en or en relief. Le pourtour est laqué or, et
l'intérieur aventuriné.

43 — Laque du Japon. — Boîte hexagone dont le couvercle
est décoré de paons dans un paysage, exécutés en or en
relief rehaussé de parties burgautées. Le pourtour est
laqué or.

44 — Laque du Japon. — Trousse de médecin décorée en or
et couleurs sur fond d'or; elle offre sur une face une
figure de cavalier, et sur l'autre un personnage accroupi
transperçant d'un coup de sabre un morceau d'étoffe qu'il
a devant lui. Le bouton et le coulant d'attache sont en ivoire
sculpté.

45 — Laque d'or du Japon. — Boîte de forme carré long à
angles arrondis et rentrants. Le couvercle présente en
retraite un médaillon de forme contournée, décoré d'un
paysage très-finement exécuté en or sur fond noir.

46 — Laque d'or du Japon. — Petite boîte de forme lentri-
culaire, dont le couvercle est décoré d'une branche de
fruits décorés en rouge et or. Qualité peu commune.

47 — Laque d'or du Japon. — Boîte de forme hexagone, dont
le couvercle est décoré d'oiseaux dans un paysage exécuté
en relief en or et couleurs. Le pourtour est laqué or, et
l'intérieur est aventuriné.

48 — Cippe en ivoire dont le pourtour ese décoré de figures
très-finement sculptées et gravées, rehaussées de parties laquées en or et couleurs. Socle à double moulure et
à trépied en laque aventuriné.

49 — Laque d'or du Japon. — Trousse de médecin décorée su rchacune de ses faces d'une figure de cavalier au galop. Bouton d'attache en ivoire sculpté.

50 — Laque du Japon. — Plateau de forme carré long à angles arrondis et rentrants, en laque noir décoré d'une branche de fruits en relief en oa, Qualitéc curieuse.

51 — Laque du Japon. — Deux petites coupes laquées rouge à l'extérieur et offrant à l'intérieur un décor de poissons et coquillages en relief sur fond d'or.

52 — Laque du Japon. — Deux coupes analogues à celles qui précèdent. L'une d'elles est décorée d'une branche de fruits de la plus grande finesse d'exécution.

53 — Laque du Japon. — Plateau de forme carré long à angles arrandis et rentrants, décoré d'nne branche de fruits en or en relief sur fond noir.

54 — Laque du Japon. — Plateau rond décoré d'un paysage en or et couleurs sur fond rouge.

55 — Laque du Japon. — Deux petites coupes rondes décorées de paysages et figures en or et en couleurs sur fond rouge.

56 — Laque du Japon. — Autre petite coupe ronde décorée

à l'intérieur d'une figure d'homme accroupi en or et couleurs sur fond rouge. L'extérieur est laqué sur fond à paillon.

Émaux cloisonnés

57 — Grande cassolette ou brûle parfums de forme carré-long à bords plats, décorée de fleurs et d'ornements en couleurs sur fond bleu turquoise. Elle repose sur quatre têtes d'éléphants en bronze d'or. Le couvercle se compose d'une double galerie et d'une partie dômée en émail cloisonné avec parties en bronze doré et découpées à jour ; il se termine par une charnière en bronze doré. Socle en bois sculpté. Haut., 55 cent. ; larg., 55 cent.

58 — Deux belles gourdes en émail cloisonné, décorées de courges et de branchages en couleurs variées sur fond bleu turquoise. Belle qualité. Socle en bois sculpté. — Haut., 38 cent.

50 — Petit vase à couvercle de forme ovoïde en émail cloisonné DU JAPON, décoré de rosace de fleurs et d'ornements variés en couleurs sur fond vert. Qualité rare. Haut., 15 cent.

60 — Coupe de forme contournée à quatre lobes en émail cloisonné DU JAPON, décorée dans toutes ses parties, de fleurs et d'ornements en couleurs sur fond vert.

Matières précieuses

61 — Cornaline à deux couches. — Pitons en forme de rocher entouré de branchages et de fruits en relief et découpés à jour se détachant en rouge sur le fond blanc. Socle en bois sculpté. — Haut., 15 cent.

62 — Cornaline rouge et blanche. — Groupe de quatre figures debout. Pièce curieuse. — Haut., 12 cent.

63 — Jade verdâtre. — Vase en forme de balustre aplati à anses à oiseaux découpés à jour et pris dans la masse. Le couvercle et la gorge du vase sont enrichis d'ornements gravés en relief. — Haut., 21 cent.

64 — Cristal de roche. — Figurine de femme debout; sur rocher de même matière. — Haut., 25 cent.

65 — Jade vert. — Brûle parfums à couvercle et à bord plat enrichi d'ornements finement gravés et découpés à jour. Le bouton du couvercle est formé par une large fleur. — Haut., 12 cent. diam., 14 cent.

66 — Jade vert. — Grande et belle gourde de forme aplatie, décorée de rinceaux et de feuillages en relief et à anses

prises dans la masse et découpés à jour. Le couvercle est
enrichi d'ornements gravés. — Haut., 34 cent.

67 — Jade verdâtre. — Coupe de forme ronde entourée de
branchages et de fleurs en relief prises dans la masse et
découpées à jour. — Haut., 17 cent, ; laag., 16 cent.

68 — Cristal de roche. — Coupe double en forme de rocher
et de fleur, avec oiseau en haut relief pris dans la masse.

69 — Jade verdâtre. — Petite théière décorée de fleurs gravées en relief, et à anse et goulot pris dans la masse. Le
couvercle est surmonté d'une chimère dont la partie infé-
rieure du corps a été prise dans une couche rougeâtre. —
Haut., 10 cent.

70 — Jade blanc opaque. — Groupe de deux figures debout.
— Haut., 16 cent.

71 — Cristal de roche. — Écritoire de forme sphérique, entourée de chimères prises dans la masse. Pied en ivoire
sculpté et découpé à jour. — Larg., 9 cent.

72 — Agate orientale. — Flacon-tabatière décoré de personnages, d'arbustes et d'animaux gravés en relief, réservés
dans des couches brunes sur fond de couleur claire. —
Haut., 55 millim.

Bronzes du Japon

73 — Deux grands et beaux vases, de forme cylindrique et à
larges bords plats, enrichis d'incrustations en argent, représentant des dragons fantastiques et des ornements. Ils
reposent sur quatre pieds formés, ainsi que les anses, par
des branches de roses, et montés sur des plateaux carrés.
également damasquinés en argent. — Haut., 56 cent.

74 — Deux cassolettes de forme oblongue, décorées, sur chacune de leurs faces, de médaillons offrant en relief des
dragons chimériques. Les couvercles sont surmontés de
dragons. Ces pièces, d'une belle patine noire, sont remar-
quables par la finesse de leur ciselure et la grâce de leur
forme. Elles sont dorées à l'intérieur. — Haut., 19 cent.;
larg., 20 cent.

75 — Deux porte-allumettes, de forme cylindrique, en bronze
gravé à nuages ; l'un des deux est enrichi d'un dragon
rapporté en bronze finement ciselé et doré ; l'autre présente une grue sacrée, de travail analogue. Les doubles
fonds sont argentés. — Haut., 13 cent.

76 — Plateau rond et creux, en bronze, décoré de poissons,
de tortues et autres ornements incrustés en argent. —
Diam., 30 cent.

Objets variés

77 — Boîte de forme carrée à angles arrondis, en bois de fer. Le couvercle est orné au centre d'une plaque de jade gravée à dragon et découpée à jour, entourée d'incrustations, d'ornements et de branches de fruits en relief, exétutés en diverses matières.

78 — Plateau de forme carré long à angles arrondis, en bois de fer. Il est décoré d'incrustations de nacre, d'ivoire et autres matières sculptées en relief, représentant un oiseau et des branches de fleurs. Son bord est enrichi d'ornements incrustés en argent.

RED. :

19

graphicom

0 1 2 3 4 5 6 7 8 9 10

www.ingramcontent.com/pod-product-compliance
Lightning Source LLC
LaVergne TN
LVHW012132170726
843501LV00008BC/3160